DISCARD / ÉLIMINÉ

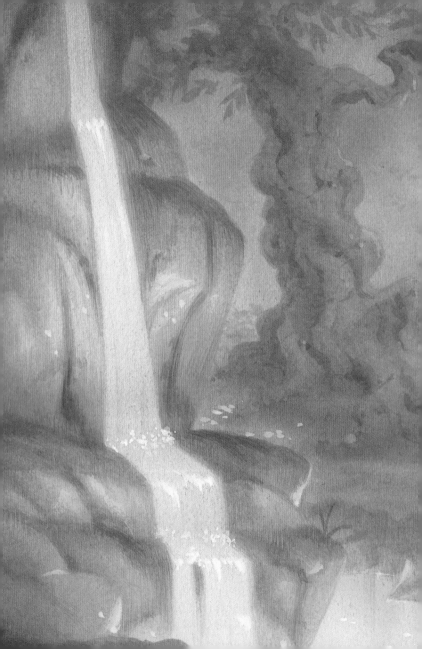

Lily et le secret de la plante

TEXTE
KIRSTEN LARSEN

ADAPTATION
KATHERINE QUENOT

ILLUSTRATIONS
JUDITH HOLMES CLARKE
& THE DISNEY STORYBOOK ARTISTS

PRESSES AVENTURE

Publié par Presses Aventure, une division
de Les Publications Modus Vivendi Inc.
55, rue Jean-Talon Ouest, 2ᵉ étage
Montréal (Québec) Canada H2R 2W8

Paru sous le titre original : *Disney Fairies, Lily's Pesky Plant*

Dépôt légal - Bibliothèque et Archives nationales du Québec, 2009
Dépôt légal - Bibliothèque et Archives Canada, 2009

ISBN : 978-2-89543-991-2

Nous reconnaissons l'aide financière du gouvernement du Canada par
l'entremise du Programme d'aide au développement de l'industrie
de l'édition (PADIÉ) pour nos activités d'édition.

Gouvernement du Québec – Programme de crédit d'impôt
pour l'édition de livres – Gestion SODEC

Imprimé en Chine.

Tout sur les fées

Si vous vous dirigez vers la deuxième étoile sur votre droite, puis que vous volez droit devant vous jusqu'au matin, vous arriverez au Pays Imaginaire. C'est une île enchantée où les sirènes s'amusent gaiement et où les enfants ne grandissent jamais : c'est pour cela qu'on l'appelle l'île du Jamais.

Quand vous serez là-bas, vous entendrez sûrement le tintement de petites clochettes. Suivez ce son doux et léger et vous parviendrez alors à

7

Pixie Hollow, qui est le cœur secret du Pays Imaginaire.

Au centre de Pixie Hollow s'élève l'Arbre-aux-Dames, un grand et vénérable érable, où vivent et s'affairent des centaines de fées et d'hommes-hirondelles. Certains d'entre eux excellent en magie aquatique, d'autres volent plus vite que le vent et d'autres encore savent parler aux animaux. C'est que, voyez-vous, Pixie Hollow est le Royaume des Fées et chacune de celles qui habitent là a un talent unique et extraordinaire...

Non loin de l'Arbre-aux-Dames, nichée dans les branches d'un aubépinier, veille Maman Colombe, le plus magique de tous ces êtres magiques. Jour et nuit, elle couve son œuf tout en gardant un œil vigilant sur ses chères fées qui, à leur tour, la protègent de tout leur amour.

Aussi longtemps que l'œuf magique de Maman Colombe existera, qu'il sera beau, bleu, lisse et brillant comme au premier jour, aucun des êtres qui peuplent le Pays Imaginaire ne vieillira. Il était arrivé pourtant un jour que cet œuf soit brisé. Mais nous n'allons pas raconter ici le périple de l'œuf. Place maintenant à l'histoire de Lily!

Un beau matin, Lily s'éveilla avec le chant des oiseaux qui pépiaient dans les plus hautes branches de l'Arbre-aux-Dames, ce vénérable érable où vivent les fées et les hommes-hirondelles du Pays Imaginaire.

Elle ouvrit les yeux. Les murs de sa chambre reculaient imperceptiblement, tandis que l'érable tendait ses branches vers le soleil. Repoussant sa couette garnie de feuilles de fougère, la fée bailla en étirant ses bras au-dessus de sa tête.

D'un bond, elle sauta au bas de son lit et ouvrit les portes de sa garde-robe, que les fées Décoratrices lui avaient fabriquée à partir d'une coloquinte séchée. Après avoir hésité quelques instants, elle jeta son dévolu sur une tunique en duvet de chardon et sur une paire de panta-courts en ouate de pissenlit. À la différence de nombreuses fées, Lily n'aimait pas les robes en soie d'araignée ni les souliers aux talons fins comme des aiguilles de pin. Elle préférait les vête-ments simples et robustes.

Une fois habillée, elle se rendit au salon de thé, où elle se servit son petit déjeuner cou-tumier : une tasse d'infusion de citronnelle et une tranche de cake aux graines de coquelicot. D'autres Jardinières se trouvaient autour de la table. Pendant que Lily mangeait, elles se resser-virent en thé et se refirent d'épaisses tartines de confiture de cerises noires. Mais Lily ne les imita pas : dès que son assiette et sa tasse furent vides, elle les mit de côté, puis s'envola à tire-d'aile vers son jardin.

Le jardin de Lily se trouvait à deux sauts de grenouille de l'Arbre-aux-Dames, en plein cœur de Pixie Hollow. Toutes les fées s'accordaient à dire que c'était l'un des plus jolis endroits du Royaume des Fées. Une haie de framboisiers longeait tout un côté du jardin, tandis que, sur le versant opposé, un rosier sauvage embaumait l'atmosphère. Ici et là, des coquelicots aux teintes rose vif et orange jaillissaient du sol. De grandes gerbes de rhododendrons et de lilas blancs y faisaient aussi des petits coins d'ombre où les fées pouvaient s'asseoir et rêver. Et du trèfle fin et doux comme de la soie poussait aussi haut que les fées dans des massifs répartis un peu partout. On y était merveilleusement bien pour faire la sieste.

Ce jardin était l'un des endroits préférés de beaucoup de fées. Les Cueilleuses y ramassaient des framboises sur les buissons. Les Guérisseuses y trouvaient des herbes pour leurs potions. Mais la plupart aimaient simplement se promener parmi les fleurs magnifiques.

Lily faisait bon accueil à toutes. En dehors du travail de jardinage, son occupation favorite était de regarder les autres fées profiter des belles plantes qu'elle faisait pousser. Réciproquement, les fées aimaient la compagnie de Lily. Avec son sourire franc et chaleureux et ses yeux noirs pétillants, elle était aussi fraîche et charmante que ses fleurs.

Aussitôt que Lily arriva dans son jardin, elle mit ses mains en porte-voix :

– Bumble !

À cet appel, un gros bourdon jaillit des fleurs et vola vers elle. Bumble était jaune, rond et tout duveteux. Il n'était pas vraiment l'animal de compagnie de Lily. Il était arrivé un beau jour et il n'était jamais reparti. Lui et Lily étaient devenus de grands amis.

Bumble était toujours dans le sillage de la fée pendant qu'elle soignait ses plantes. Elle devait les arroser et vérifier que les feuilles n'étaient pas abîmées par des maladies. Ce matin-là, elle remarqua que quelques-unes de ses jonquilles avaient été couchées par le vent. Elle les redressa à l'aide de tuteurs en leur souhaitant de retrouver très vite leur force et leur robustesse.

Quand elle eut fini de faire le tour de son jardin, Lily s'allongea sur un carré de mousse, moelleux à souhait, pour regarder l'herbe pousser. Cette activité peut sembler très ennuyeuse, mais pour Lily elle était aussi passionnante qu'assister à des courses de papillons, un des passe-temps favoris des fées. Qui plus est, la Jardinière était convaincue que les brins d'herbe poussaient plus vite s'ils se savaient regardés.

Malheureusement pour Lily, elle était la seule fée de tout Pixie Hollow à s'adonner à cette pratique. Aussi, quand les autres fées la voyaient allongée dans l'herbe, elles se figuraient qu'elle ne faisait rien et, souvent, elles se mettaient à lui parler. Cela dérangeait Lily, qui ne pouvait plus se concentrer.

Ce fut exactement ce qui se produisit ce matin-là. Bumble bourdonnait autour des boutons d'or dans un coin du jardin, tandis que Lily, allongée à proximité, était occupée à observer la course (très lente) que se livraient deux brins d'herbe. L'un d'eux avait pris de l'avance et Lily encourageait l'autre à rattraper son retard. Quand, soudain, une voix déchira ce beau silence :

– Ma parole, c'est incroyable !

Cette voix était sonore, presque stridente. Lily ne bougea pas, sauf pour baisser les paupières. Elle espérait que l'intruse penserait qu'elle dormait et qu'elle s'en irait.

– J'ai dit : ma parole, c'est incroyable ! répéta la voix d'un ton plus perçant encore.

En soupirant, Lily ouvrit les yeux. Une fée de grande taille voletait au-dessus d'elle. La couleur de ses cheveux tirait vers celle des petits pois et le bout de son long nez étroit était toujours rouge, parce qu'elle était continuellement enrhumée.

– Bonjour Iris, dit Lily en se redressant. Que trouves-tu donc de si incroyable ?

– Mais regarde un peu tes boutons d'or ! fit la fée.

Lily eut beau regarder, elle ne leur trouva rien de particulier.

– Ce sont les plus gros que j'aie jamais vus ! s'exclama Iris. Tu devrais plutôt les appeler des bols d'or !

La fée rit de sa propre plaisanterie. Lily souriait poliment.

– Ils ont l'air heureux, c'est tout ce que je peux dire, fit-elle.

Lily n'attachait pas d'importance à la taille d'une plante, du moment qu'elle était heureuse. C'est pour cette raison que tout poussait si bien dans son jardin. Elle veillait à ce que toutes ses plantes s'y plaisent.

– Bien sûr, ce n'est rien à côté des boutons d'or que je faisais pousser dans le temps, continua à pérorer Iris. Ils étaient gros comme des soupières et jaunes comme le soleil. Je vais t'apprendre un secret que je tiens d'un Tiffen : il faut leur donner du vrai beurre.

De surprise, Lily leva les sourcils.

Les Tiffens sont d'étranges créatures aux oreilles aussi grandes que celles des éléphants. Ils cultivent des bananes dans leurs fermes, qui se trouvent non loin de Pixie Hollow. Mais Lily n'avait jamais entendu dire qu'un Tiffen avait fait pousser des boutons d'or.

« Mais après tout, est-ce que je connais vraiment les Tiffens ? » se dit-elle. Elle devait reconnaître qu'elle ne sortait pas beaucoup de son jardin.

Iris esquissa un petit mouvement satisfait de la tête. La fée était une Jardinière, elle aussi. Elle avait eu autrefois un jardin à elle, mais cela faisait si longtemps que plus personne ne se souvenait à quoi il ressemblait. Un beau jour, Iris s'était mise à écrire un livre sur les plantes et, maintenant, elle prétendait qu'elle était bien trop occupée pour pouvoir jardiner. À la place, elle venait mettre son nez dans le jardin des autres. Même si la fée affirmait qu'elle y glanait des informations pour son livre, en réalité, elle parlait bien plus qu'elle n'écoutait.

Lily ne comprenait pas comment on pouvait être une Jardinière sans jardin. L'idée lui en était presque insupportable.

Sa visiteuse se laissa tomber sur le champignon-tabouret de couleur rouge, moucheté de blanc, où elle avait pris l'habitude de s'asseoir.

D'une pichenette, elle ouvrit son livre dont la couverture était faite d'écorce de bouleau et en tourna les pages, découpées dans des feuilles d'érable. La fée écrivait en grattant les feuilles avec un poinçon de bois. Elle emportait son livre partout où elle allait.

– Quoi qu'il en soit, Lily, déclara-t-elle, je suis venue parce que je me fais du souci au sujet de tes gueules-de-loup. Ne t'inquiète pas, elles ont l'air très en forme. Mais quand je me suis approchée l'autre jour d'un peu plus près pour observer leurs pétales, il y en a une qui a essayé de me mordre !

– Ce sont des gueules-de-loup, Iris, lui rappela Lily patiemment. C'est dans leur nature de mordre.

– Tu sais, j'en connais quand même un rayon sur les gueules-de-loup, répliqua Iris. On ne peut pas leur laisser faire ce qu'elles veulent. Il faut bien les dresser un peu.

Tout en parlant, elle feuilletait les pages de son livre.

– J'ai trouvé un moyen génial de les empêcher de mordre, dit-elle. Voilà, j'y suis ! fit-elle en tapotant la page ouverte devant elle.

La fée commença à lire :

« Remède pour gueules-de-loup mordeuses, par Iris. Si vos gueules-de-loup sont mal élevées, vous devez leur pincer les feuilles dès qu'elles font mine de vous mordre. »

Tandis qu'Iris lisait, les orteils de Lily commencèrent à frétiller d'impatience. Soudain, les mots sortirent tout seuls de sa bouche :

– Tu sais, Iris, je ne te l'ai pas dit, mais j'étais sur le point de partir !

Lily mentait sans trop savoir pourquoi. Elle savait bien qu'Iris ne cherchait qu'à se rendre utile. Mais peut-être était-elle contrariée que la fée ait troublé une matinée aussi tranquille. Sans compter que ça lui plaisait, à elle, que ses gueules-de-loup mordent! Quelle qu'en soit la raison, ce jour-là, Lily n'avait pas envie d'écouter Iris.

– Où vas-tu? l'interrogea Iris. Je pourrais peut-être t'accompagner! Comme ça, je t'en dirai plus en chemin...

– C'est gentil, bafouilla Lily, mais... je vais repérer des fougères. Des fougères Chair-de-poule, tu comprends?

Toutes les fées savaient qu'il est impossible de chercher des fougères Chair-de-Poule tout en bavardant. Les feuilles de fougères Chair-de-Poule sont très craintives et elles se rétractent complètement au moindre bruit.

– Ah bon? Alors d'accord, ce sera pour une autre fois, dit Iris en prenant un mouchoir de pétales pour se moucher.

Elle avait l'air déçue et le cœur de Lily se serra un peu en l'entendant. Elle regrettait d'avoir menti, mais il était trop tard pour revenir sur ce qu'elle avait dit.

– C'est promis, une autre fois. À bientôt, Iris ! la salua Lily en mettant fin à leur conversation.

Et, s'élevant dans les airs, elle s'éloigna vers la forêt.

Dès qu'elle fut hors de vue de son jardin, Lily se posa près des racines d'un vieux chêne. Elle réfléchit quelques instants, puis s'engagea dans un sentier étroit qui s'enfonçait dans les bois.

« Je vais me contenter d'une petite promenade, puis je reviendrai », se dit-elle. À son retour, il était probable qu'Iris serait partie prodiguer ses conseils à une autre Jardinière.

La plupart des fées ne s'aventuraient jamais toutes seules dans la forêt, à cause des serpents, des hiboux et des faucons. Et elles ne marchaient que quand leurs ailes étaient trop humides pour leur permettre de voler. Mais Lily était courageuse, sans compter qu'elle adorait marcher. La fée se sentait plus proche des plantes quand ses pieds foulaient l'humus.

Tout en prenant garde aux serpents, elle s'enfonça dans la forêt. Au-dessus d'elle, dans les hauteurs, le vent faisait bruire les feuilles des arbres. Elle enleva ses souliers pour éprouver la sensation délicieuse de la terre humide entre ses orteils.

C'est alors qu'elle remarqua, blottie à la base d'un rocher, une plante d'un beau vert argenté, avec de jolies feuilles veloutées. Celles-ci étaient complètement enroulées sur elles-mêmes.

«Une fougère Chair-de-poule!» chuchota Lily en souriant.

Elle en avait trouvé une, finalement...

Retenant son souffle, elle s'avançait sur la pointe des pieds vers la plante rare pour l'examiner de plus près, quand quelque chose traversa bruyamment le feuillage au-dessus d'elle.

Sursautant de frayeur, Lily se précipita à l'abri entre les racines d'un arbre voisin. Un faucon venait-il de la frôler? Au bout de quelques instants, toute tremblante, elle sortit la tête et jeta un coup d'œil craintif autour d'elle. Elle ne vit aucun faucon. La forêt semblait tranquille et silencieuse.

Se retournant vers la fougère Chair-de-poule, Lily constata que ses feuilles s'étaient déroulées et qu'elles étaient devenues toutes brunes. La plante avait entendu le bruit et elle faisait la morte.

Ce fut à ce moment-là que Lily vit un curieux objet, ce qui la fit de nouveau sursauter. Près de la fougère, juste à l'endroit qu'elle avait quitté pour venir se mettre en sécurité derrière la racine, se trouvait une étrange graine…

2

Disons plutôt que Lily supposait que c'était une graine. Il lui était difficile d'en être certaine, car elle n'avait encore jamais rien vu de semblable.

Celle-ci était aussi grosse qu'une châtaigne, d'un blanc nacré – comme l'intérieur d'une coquille d'huître – et des filaments sortaient de ses deux extrémités effilées.

Dès que les battements de son cœur se furent calmés, Lily quitta son abri pour aller l'observer de plus près. Ramassant une brindille, elle en tapota doucement la graine. Rien ne se produisit.

S'enhardissant, Lily la toucha du bout des doigts. Sa surface était lisse et fraîche, comme un galet poli.

La fée était sûre maintenant que c'était une graine. Son instinct de Jardinière lui soufflait qu'elle contenait de la vie : la vie endormie d'une plante qui ne demandait qu'à germer.

– Mais d'où peut-elle bien venir ? interrogea-t-elle à voix haute.

À ce moment précis, un caquètement au-dessus de sa tête lui fit lever les yeux. Perché sur une branche, un écureuil lui débitait des phrases incompréhensibles.

Lily éclata de rire. Elle comprenait maintenant d'où venait la graine. L'écureuil n'avait sans doute pas l'habitude de voir des fées marcher. De surprise, il en avait laissé tomber la graine qu'il transportait.

– Ne t'en fais pas ! lui lança-t-elle. Je m'en vais bientôt.

L'écureuil caqueta encore quelques mots à la fée, avant de filer comme une flèche le long de sa branche.

Lily regarda à nouveau la graine.

« Qu'est-ce que ça peut bien être ? » réfléchit-elle.

Pour une fois, elle aurait voulu être une Soigneuse pour pouvoir parler à l'écureuil et lui demander où il l'avait trouvée.

– Quelle sorte de plante es-tu ? chuchota Lily à la graine.

Tandis qu'elle prononçait ces mots, une idée lui vint.

– Je vais la planter ! s'écria-t-elle. Après tout, la seule façon de savoir ce qu'une graine va produire, c'est de la faire germer...

Elle se pencha pour la ramasser mais, à sa grande surprise, elle était très lourde. Après l'avoir allégée à l'aide d'un peu de poussière de Fées, Lily prit son trésor et, le serrant contre sa poitrine, elle s'éleva dans les airs en direction de son jardin.

Elle retrouva Iris là où elle l'avait laissée, sur son champignon-tabouret.

– Oh, Lily, te revoilà déjà ! s'exclama la fée. As-tu réussi à voir des fougères Chair-de-Poule ?

La dernière fois que je suis allée en observer, j'en ai trouvé exactement trois douzaines. Dommage qu'elles faisaient toutes les mortes, je ne sais pourquoi...

– Moi, j'ai trouvé quelque chose d'encore mieux ! affirma Lily.

La présence d'Iris ne la contrariait plus. Elle était bien trop excitée par sa découverte. Doucement, elle déposa sa grosse graine sur le sol. De surprise, Iris en éternua trois fois d'affilée.

– Quelle graine étonnante ! s'exclama-t-elle, après s'être mouchée. Qu'est-ce que ça peut être ?

– Oh, tu ne le sais pas ? s'exclama Lily. J'espérais que tu pourrais me le dire. Je viens de la trouver dans la forêt. C'est la première fois que j'en vois une comme ça.

Entendant la voix de Lily, Bumble vola à sa rencontre.

– Que penses-tu de ma nouvelle graine, Bumble ? demanda la fée en caressant les flancs duveteux du bourdon.

Celui-ci se posa sur la graine, où il s'immobilisa un instant, avant de repartir vers les roses. Bumble s'intéressait plus aux fleurs qu'aux graines.

Iris plissa les yeux pour mieux examiner la trouvaille de Lily. Prenant son poinçon de bois, elle se mit à dessiner la graine dans son livre.

C'est alors qu'une voix amicale retentit au-dessus des deux fées :

– Bonjour Lily, bonjour Iris. Qu'est-ce que vous avez là ? Comme c'est joli !

La nouvelle venue s'appelait Rani. C'était une jolie fée Aquatique aux longs cheveux blonds.

– Salut Rani ! répondit Lily. Je crois que c'est une graine. On ne sait pas trop de quelle espèce elle est. Je viens de la trouver...

– ... sur la plage ? fit Rani.

– Non, dans la forêt, rectifia Lily.

– Je disais cela parce qu'elle ressemble à un coquillage, expliqua Rani de sa douce voix.

Elle s'accroupit pour admirer la graine.

– Je crois savoir ce que c'est ! s'écria soudain Iris en se tapotant la joue avec son poinçon d'un air pénétré. Je suis presque sûre que c'est une graine d'algue.

Disant ces mots, elle se mit à griffonner dans son livre. Lily haussa les épaules. Elle ne savait pas à quoi ressemblait une graine d'algue, ni même si cela existait. Les fées n'allaient jamais sous l'eau, à cause de leurs ailes qui, en s'alourdissant, les entraîneraient fatalement au fond.

Mais Rani secoua la tête.

– Je pense que tu te trompes, dit-elle. Je n'ai jamais rien vu de tel dans les eaux de la lagune.

Iris fronça les sourcils. Elle n'aimait pas avoir tort mais dans le cas présent, elle devait s'incliner devant Rani. La fée Aquatique savait de quoi elle parlait. Quand le Pays Imaginaire avait failli être détruit, elle était allée voir les sirènes en sacrifiant ses ailes pour pouvoir nager. Étant la seule fée du Pays Imaginaire à être allée sous l'eau, elle en savait sûrement plus long que n'importe qui sur le chapitre des graines d'algue.

D'un air maussade, Iris raya ce qu'elle venait de noter.

– Eh bien, s'écria Lily, je ne connais qu'un moyen de savoir ce que c'est !

Saisissant une pelle, elle la ficha dans le sol. Iris leva les yeux de son livre, interloquée.

– Quoi ? Tu vas la planter ? Comme ça ? Sans même la connaître ?

Elle avait l'air très inquiète.

– Mais enfin, continua-t-elle, tu ne sais même pas si elle a besoin de beaucoup de lumière ou non, ni quelle quantité d'eau lui est nécessaire. Et si elle ne s'entend pas avec les autres fleurs ? Et si...

Lily sourit. Iris était certainement très savante au sujet des plantes, mais jardiner était une autre affaire. Parfois, il fallait laisser parler son instinct.

– Je suis sûre que tout ira bien, dit-elle.

3

« Mais quel est donc ce bruit ? » s'exclama Lily.

La fée était occupée à envelopper dans de la soie d'araignée des violettes qui avaient pris froid. Cela faisait quelques jours maintenant qu'elle avait planté sa graine. Elle tendit l'oreille. Le vacarme était épouvantable. Cela ressemblait au claquement d'une énorme mâchoire de fer.

Clac ! Clac ! Clac !

La fée plaqua ses mains sur ses oreilles. Le bruit venait de l'autre bout du jardin. Elle se précipita dans cette direction et ce qu'elle découvrit la laissa muette de surprise. Iris était là, perchée sur une machine des plus étranges, avec un siège et des pédales, comme un vélo, mais munie en plus d'énormes mâchoires de fer. La fée leur lança un seau rempli d'épluchures de cuisine, avant de se mettre à pédaler de toutes ses forces. Aussitôt, les mâchoires entrèrent en action pour mâcher les déchets.

Clac! Clac! Clac!

– Je prépare un peu de nourriture pour notre graine! cria Iris au-dessus du tintamarre.

S'arrêtant de pédaler, elle tendit à Lily le seau de débris végétaux qui venaient d'être réduits en bouillie.

– C'est bourré d'éléments nutritifs indispensables à une plante en pleine croissance! expliqua la fée, rayonnante de fierté.

Bumble tournoyait autour de Lily comme un fou. Il avait horreur du bruit. Il était gaté!

– C'est très... très gentil à toi, Iris, dit Lily en contemplant la machine d'un air perplexe.

– Je réserve ce qu'il y a de mieux pour notre petite plante ! acquiesça Iris en se remettant à pédaler.

Le bruit faisait grimacer Lily qui remit ses mains sur ses oreilles. De toute façon, il fallait qu'elle s'y fasse : depuis qu'elle avait planté sa graine, Iris venait tous les jours surveiller sa croissance. Et, à chaque fois, elle avait une nouvelle idée pour la faire pousser plus vite. Un jour, elle était arrivée avec une ombrelle de pétales de pâquerettes en prétendant que la graine germerait mieux à l'ombre. Le lendemain, elle était tracassée par le fait qu'elle allait manquer de soleil. De plus, tous les après-midis, la fée s'asseyait sur son champignon-tabouret et discourait sur la plante en écrivant dans son livre.

– Ce n'est pas tous les jours qu'on découvre une nouvelle plante, expliquait-elle à Lily. Je note

40

tout. C'est pour les futures générations de Jardinières, tu comprends ?

Lily souriait. À sa connaissance, Iris était la seule Jardinière à aimer lire des livres de jardinage. Les autres fées se contentaient de jardiner…

Malgré cela, Lily ne pouvait pas lui en vouloir d'être aussi excitée. Elle-même était très curieuse de découvrir la plante qui allait apparaître.

Enfin, Iris acheva de broyer ses épluchures. Soulevant le seau d'engrais, elle se dirigea vers la graine tandis que, soulagée, Lily retournait soigner ses violettes.

Mais sa tranquillité fut de courte durée. Au bout de quelques instants, un hurlement jaillit du fond du jardin.

Laissant tomber sa soie d'araignée, Lily se précipita vers le champignon rouge. Iris s'était-elle fait mal ? En la voyant, elle s'arrêta, déconcertée. La fée souriait jusqu'aux oreilles.

– Regarde Lily, cria-t-elle, elle a germé !

Lily regarda. C'était vrai ! Une petite pousse était sortie de terre à l'endroit où elles avaient planté la graine mystérieuse.

Lily joignit les mains.

– Comme elle est belle ! murmura-t-elle avec ferveur.

En fait, la jeune pousse n'était absolument pas belle du tout. Ses feuilles étaient d'un jaune maladif et couvertes de petites vésicules, comme si elle avait la varicelle. Mais voilà : Lily était comme ça. Elle trouvait toutes les plantes très belles.

Frémissante d'excitation, Iris interpella une fée qui passait au-dessus du jardin.

– Vidia ! Viens vite voir notre nouvelle petite plante ! lui cria-t-elle.

La fée Véloce les rejoignit. En découvrant la plante, elle fit la grimace.

– Mes trésors, je n'ai jamais rien vu de si moche de toute ma vie, déclara-t-elle.

Les traits d'Iris s'affaissèrent. Lily fronça les sourcils. On pouvait faire confiance à Vidia pour dire des choses désagréables. Elle était imbattable à cet exercice. Une vraie langue de vipère !

– Ça me rappelle une chenille malade que j'ai vue un jour, continua la Véloce sur sa lancée. Si j'étais vous, j'abrégerais ses souffrances dès maintenant. Iris, ma jolie, voudrais-tu aller chercher une bêche pour qu'on l'arrache?

L'aura d'Iris rougeoya de colère. Elle fusilla Vidia du regard. Quant à Lily, elle ignorait purement et simplement la nouvelle venue.

– Iris, arrosons-la un peu, dit-elle calmement. Elle a l'air de manquer d'eau.

Lançant un dernier regard courroucé à Vidia, Iris prit un seau et s'envola en hâte vers la rivière.

– Lily, ma chérie, persifla Vidia en suivant des yeux la fée qui s'éloignait, comment fais-tu pour la supporter? Une Jardinière sans jardin! Pfff! C'est attristant...

Mais, loin d'être triste, Vidia semblait enchantée de dénigrer Iris.

– Elle est de meilleure compagnie que certaines autres fées, répliqua vertement Lily.

Vidia lui adressa un de ces sourires mielleux dont elle avait le secret.

– Je vois très bien de qui tu veux parler, ma chérie... Allez, je te laisse avec ta petite pousse. Amuse-toi bien ! Mais tu ferais bien de faire attention aux espèces de boutons qu'elle a sur ses feuilles. Ils ont l'air contagieux...

Et, s'élevant dans les airs, Vidia prit de la vitesse et disparut.

Durant plusieurs jours, Lily et Iris prirent tout le soin possible de la plante. Elles l'arrosaient tous les matins. Elles lui parlaient tous les après-midis. La petite pousse semblait apprécier l'attention qu'elle recevait, car elle grandissait à vue d'œil. Bientôt, elle dépassa la tête des fées.

Elle devenait aussi plus laide. Les boutons sur ses feuilles se transformèrent en grosses pustules et de la sève poisseuse se mit à dégouliner de sa tige. Puis, des branches rachitiques et molles commencèrent à se développer.

Parfois, Lily se disait que Vidia avait eu raison. Cette plante ressemblait vraiment à une chenille malade. Une grande chenille malade avec des pattes pendantes.

Mais ça lui était égal. Elle voyait bien que la plante était heureuse et cela lui suffisait. Malheureusement pour Lily et sa plante, les autres fées n'étaient pas aussi sentimentales…

Un matin, Clochette fit irruption dans le salon de thé.

– Lily, viens vite ! cria-t-elle. Je viens de passer au-dessus de ton jardin : il y a un monstre qui attaque tes boutons d'or !

Lily en laissa tomber sa tasse de thé. Les deux fées quittèrent en hâte l'Arbre-aux-Dames. Parvenues au jardin de Lily, elles se posèrent sur le buisson de roses, à l'entrée. Le monstre était invisible. Échangeant un regard en silence, les deux fées s'avancèrent sur la pointe des pieds pour prendre la bête par surprise. Clochette avait sorti sa dague et son cœur battait très fort.

– Le voilà ! chuchota-t-elle.

C'est alors que Lily éclata de rire. Elle riait tellement que des larmes se mirent à couler sur ses joues.

Clochette dévisageait son amie sans comprendre. Lui faisant signe de la suivre, Lily s'envola pour se poser à côté du prétendu monstre.

– Clochette ! fit-elle entre deux rires. Je te présente ma nouvelle plante.

– Ça, c'est une plante ? fit Clochette, éberluée.

Toute confuse et rougissante, elle abaissa sa dague. Elle s'avança alors de quelques pas et, levant la tête, examina attentivement les branches disgracieuses. Cette plante ressemblait vraiment à une chenille géante dressée au-dessus des boutons d'or...

– Quel genre de plante est-ce donc ?

– Je ne sais pas, dit Lily. J'ai trouvé la graine dans la forêt et je l'ai plantée.

– Oh, c'est intéressant, dit Clochette. Mais, ajouta-t-elle pensivement, je n'aimerais pas la rencontrer le soir au coin d'un bois...

Même les autres Jardinières étaient perplexes.

– Je n'ai vraiment jamais rien vu de tel, déclara Rosetta. Es-tu bien certaine que tu as envie d'avoir une plante aussi laide dans ton jardin, Lily ?

– Oui, j'en suis sûre, répondit Lily.

Les Jardinières hochèrent la tête. Elles contemplaient le magnifique jardin de Lily et trouvaient qu'il était défiguré par cette affreuse plante. Mais elles ne firent pas d'autre commentaire. Au moins, la plante mystérieuse éloignait-elle Iris de leurs propres jardins...

4

Un beau matin, Lily sentit une étrange odeur dans son jardin. Cela faisait penser à des tomates pourries, avec une nuance de lait tourné.

« Bizarre ! » se dit-elle, et elle se mit à parcourir son domaine pour trouver la source de cette puanteur.

Elle parvint au champignon rouge d'Iris. Celui-ci était inoccupé. La fée n'était pas encore arrivée.

Lily se boucha le nez avec les mains. L'odeur était encore plus forte près du tabouret. Bumble, qui voletait nerveusement derrière la fée, repartit soudain en sens inverse.

« Je me demande bien ce qui lui prend », se dit Lily.

Ce qu'elle vit alors lui fit complètement oublier le bourdon. La plante mystérieuse avait fleuri. Mais quelles fleurs étranges ! On avait l'impression qu'elles avaient éclaté sur les branches comme des pétards. Ça ressemblait plus à des épines en fleur qu'à de vraies fleurs...

« Ces fleurs ne sont pas très jolies, mais elles ont un charme bien à elles », pensa Lily.

Mue par la curiosité, elle battit des ailes pour s'en approcher. Elle se pencha en avant, ferma les yeux et...

Ah ! Elle les rouvrit bien vite d'horreur. Ses ailes se figèrent et elle tomba raide sur le sol avec un bruit mat. Levant les yeux et plissant le nez, elle comprit que l'abominable odeur de tomate pourrie provenait des fleurs de la nouvelle plante.

Bzzzzzzzzz !

C'était Bumble. Il accourait pour voir si Lily s'était fait mal. Sitôt rassuré, le bourdon repartit aussi vite qu'il était venu. Il ne supportait pas cette odeur.

– Lily, est-ce que ça va ? appella alors quelqu'un d'une voix étouffée.

La fée tourna la tête. Iris s'approchait en hâte, un mouchoir de pétales plaqué sur le nez et la bouche.

– Je t'ai vue tomber ! cria-t-elle.

– Ça va, répondit Lily en frottant son genou meurtri. Je suis juste un peu étonnée. Je ne m'attendais vraiment pas à ce que la plante sente si... fort.

Iris lui tendit un mouchoir. En se cachant le bas du visage, les deux fées considérèrent en silence ces énormes fleurs qui empoisonnaient l'atmosphère.

Le visage d'Iris était soucieux.

– Voilà ce qui arrive quand on gâte trop les plantes ! dit-elle. Elles deviennent puantes.

Lily ne put s'empêcher de sourire derrière son mouchoir. D'elles deux, c'était Iris qui avait le plus dorloté la plante.

D'ailleurs, elle ne pensait pas que le problème venait de là. En fait, il n'y avait pas vraiment de problème. Son instinct de Jardinière lui soufflait que cette plante faisait exactement ce qu'elle avait à faire.

Mais avant que Lily n'ait pu partager son opinion avec Iris, d'autres voix se firent entendre dans le jardin.

– Mais quelle est cette odeur abominable ?

– C'est pire qu'un garde-manger où tout aurait pourri !

– Ça vient de là !

Un petit groupe de fées et d'hommes-hirondelles arrivaient en volant des cuisines et du salon de thé. Ils avaient tous des pinces à linge sur le nez. Quand ils virent les fleurs géantes de la nouvelle plante, ils restèrent pétrifiés sur place.

– Mon Dieu !

– Quelle horreur !

– C'est donc cela qui empeste…

Dulcie, une fée Pâtissière, s'adressa à Lily. Elle avait une voix nasillarde, à cause de la pince à linge sur son nez.

– Au nom du Pays Imaginaire, dit-elle, il faut que tu nous dises de quoi souffre cette plante !

– Mais de rien, répliqua Lily. Je crois au contraire qu'elle va très bien.

– Soit. Mais peux-tu faire quelque chose pour l'empêcher d'empester autant ?

– L'odeur entre par les fenêtres du salon de thé, renchérit un homme-hirondelle, au talent de Serveur. La Reine Ree nous a envoyés aux nouvelles.

Ree était le surnom affectueux que les fées donnaient à leur Reine.

Promenant son regard autour d'elle, Lily avisa un buisson de lavande.

– J'ai une idée, dit-elle.

Volant d'un coup d'aile jusqu'au buisson, elle ramassa une brassée de brins de lavande. Puis, elle en prit quelques-uns qu'elle bourra dans son mouchoir avant de nouer celui-ci autour de son nez et de sa bouche, comme un masque. L'odeur de lavande recouvrait complètement la pestilence. Ouf! la plante était sauvée...

Rejoignant les autres fées, Lily leur distribua ce qui lui restait de lavande. Toutes les fées commencèrent à se confectionner des masques à l'aide des pinces à linge puis, comme il n'y avait pas suffisamment de lavande, Lily retourna en chercher.

– Venez m'aider ! appela-t-elle. Nous allons en rapporter à tout le monde.

À ce moment précis, elle entendit un bruit bizarre.

Bzzzzzzzz...

Elle crut tout d'abord que Bumble s'était coincé la tête dans une fleur – comme cela lui arrivait parfois – et qu'il bourdonnait à l'aide. Mais le bruit devint plus fort.

Bzzzzzzzzzzz...

Levant les yeux, elle vit alors s'approcher un nuage noir dans le ciel.

Bzzzzzzzzz...

La fée regarda plus attentivement. Ce n'était pas du tout un nuage, c'était un énorme essaim de guêpes !

– Attention ! hurla Lily.

Les fées plongèrent dans la lavande au moment précis où les guêpes s'abattaient sur le jardin. Bumble se cacha vite dans un carré de trèfles.

Mais les guêpes n'en voulaient pas aux fées. Avec un vrombissement assourdissant, elles s'agglutinaient sur les fleurs de la plante. Les insectes semblaient apprécier son odeur fétide.

Recroquevillées dans la lavande, les fées attendaient. Elles espéraient que les guêpes finiraient par se lasser des fleurs et qu'elles s'en iraient. Mais, bien au contraire, l'essaim continuait à grossir. Et les fées attendaient toujours. Lily avait des crampes dans les jambes, à force de rester accroupie.

– Qu'est-ce qu'on fait maintenant? lui demanda Dulcie d'une voix à peine audible.

Lily soupira. Elle n'en avait aucune idée. Elles ne pouvaient pas courir jusqu'à l'Arbre-aux-Dames : elles risquaient trop de se faire piquer. Une seule piqûre de ces guêpes, qui étaient presque aussi grosses que leurs têtes, pouvait leur être fatale. Mais elles ne pouvaient pas non plus se terrer éternellement dans la lavande...

Tandis qu'elle réfléchissait, Lily entendit soudain un croassement. Jetant un coup d'œil hors du buisson, elle vit une forme noire gigantesque piquer du ciel vers le jardin. Une deuxième forme noire identique la suivait.

C'étaient les corbeaux!

Montées sur leur dos, bien calées entre leurs ailes, deux fées conduisaient les oiseaux.

5

Les corbeaux plongèrent droit sur les guêpes. Ce fut la panique. Les guêpes redoutaient ces immenses oiseaux noirs, qui battaient furieusement des ailes et poussaient des croassements terrifiants. L'essaim commença à se disperser et, bientôt, la dernière guêpe avait disparu.

Lily et les autres fées purent enfin sortir de leur abri.

Les deux corbeaux se posèrent. Beck et Fawn, deux fées Soigneuses, les chevauchaient.

– Un Éclaireur a vu l'essaim arriver dans ton jardin, expliqua Beck. Il nous a prévenues et on s'est dit qu'il valait mieux appeler les corbeaux.

Elle adressa aux montures quelques mots que Lily ne put comprendre. Puis, les deux fées mirent pied à terre et, dans un grand froissement de plumes, les corbeaux déployèrent leurs ailes immenses et s'envolèrent.

– Y a-t-il des blessés ? interrogea Fawn.

Iris, qui s'était tue jusque là, fondit en larmes.

– Je me suis presque fait piquer ! gémit-elle. Une guêpe est presque venue à ça de moi, ajouta-t-elle en mimant la scène avec ses doigts.

Les autres fées froncèrent les sourcils d'un air désapprobateur. Elles avaient toutes couru le même risque. Or, Iris ne semblait se soucier que d'elle-même...

Fawn lui tapota doucement le dos pour la rassurer. Elle avait l'habitude de s'occuper des animaux effrayés. Une fée effrayée, ce n'était pas si différent.

– Pas d'autre blessé ? demanda Beck à la ronde.

Les autres secouèrent négativement la tête. Ils avaient tous eu peur, mais personne ne s'était fait mal.

– Allons, Iris, dit Beck, rentrons à l'Arbre. Une tasse de thé au miel te fera le plus grand bien.

– En attendant, il va falloir que quelqu'un fasse quelque chose au sujet de cette plante, ajouta Fawn.

– Que veux-tu dire par « faire quelque chose » ? demanda Lily d'une petite voix.

– Eh bien, l'abattre ou l'arracher, répondit Fawn. Tu vois ce que je veux dire ? S'en débarrasser, quoi !

À ces mots, Lily recula comme si on l'avait giflée. Couper une plante ? Rien que d'y penser, elle en avait mal aux jambes. Jamais elle n'avait coupé une plante de sa vie. Elle n'arrivait même pas à arracher les mauvaises herbes de son jardin. Elle se contentait de les encourager à pousser ailleurs.

– Ces fleurs attirent les guêpes, reprit Fawn. Elles pourraient revenir à tout moment.

Lily regarda Iris. Elle espérait que celle-ci prendrait la défense de la plante, puisqu'elle l'aimait autant qu'elle. La fée avait pâli en entendant Fawn, mais elle ne dit rien.

Lily se tourna vers Beck et Fawn.

– Cette plante pousse dans mon jardin, déclara-t-elle. J'en suis la seule responsable.

Puis, elle s'adressa à Dulcie et aux fées Cuisinières.

– Personne ne courra plus de danger, je vous en donne ma parole. Répétez-le de ma part à tous ceux qui vous attendent dans le salon de thé.

Un long silence s'ensuivit.

– C'est entendu, dit enfin Dulcie. Dois-je transmettre également à la Reine que tu fais le nécessaire pour cette horrible odeur?

Lily acquiesça et le petit groupe de fées repartit. Juste avant de s'éloigner au bras de Beck, Iris se retourna et jeta un coup d'œil à Lily, comme pour se faire pardonner. Lily s'en

aperçut, mais elle n'était même pas sûre que c'était vraiment ça.

Les jours suivants, Lily fut très occupée. Chaque matin, elle ramassait des brassées de lavande qu'elle distribuait ensuite aux fées de Pixie Hollow. Les masques à la lavande protégeaient bien de l'odeur nauséabonde des fleurs, mais il fallait beaucoup de lavande pour satisfaire tout le monde. Or, les massifs commençaient à se dégarnir. Que se passerait-il quand il n'y en aurait plus ?

Lily craignait également que les guêpes ne reviennent. Elle scrutait chaque jour le ciel, aux aguêts, dans l'attente d'un nuage noir et bourdonnant. Heureusement, le ciel restait bleu et les seuls nuages qu'elle apercevait étaient blancs et duveteux.

Mais un matin, Lily se réveilla avec le nez bouché. Ses yeux larmoyaient et elle avait mal à la gorge. C'était comme si sa tête était remplie de coton.

« Ce n'est vraiment pas le moment de s'enrhumer ! » soupira-t-elle en descendant de son lit.

La fée s'habilla péniblement. Elle pensait déjà à tout le travail qui l'attendait. Elle devait fournir encore de la lavande et, de plus, elle avait pris du retard dans son jardinage.

Quand elle arriva au salon de thé, Lily vit tout de suite que quelque chose n'était pas normal. Aucune des fées présentes ne portait son masque. Au lieu de cela, elles se servaient de leurs mouchoirs pour se moucher. Toutes les fées de l'Arbre-aux-Dames semblaient être tombées malades en même temps !

– Bonjour Lily ! saluèrent en reniflant les autres Jardinières, tandis que la fée s'asseyait à la table commune.

Lily les regarda. Elles étaient toutes enrhumées, sans exception. Certaines fées portaient même des écharpes en ouate de pissenlit autour du cou. Seule Iris avait son apparence habituelle, avec son nez rouge.

– Quel rhume horrible nous avons toutes attrapé! s'exclama Lily en remplissant sa tasse.

– Ce n'est pas un rhume, répliqua Rosetta d'un air renfrogné. C'est à cause de cette maudite poussière rose.

– Quelle poussière rose? s'écria Lily, sans comprendre.

Rosetta haussa les épaules.

– Il y en a partout. Les fées Épousseteuses n'arrivent pas à s'en débarrasser. Ça les fait tellement éternuer qu'elles ne peuvent plus travailler.

Une Serveuse au regard embué vint à leur table pour servir le thé. Toutes les tasses étaient recouvertes de cette étrange poussière rose collante.

Soudain, Lily eut un pressentiment.

– Je reviens tout de suite, dit-elle.

Elle se hâta vers son jardin. Comme elle le redoutait, celui-ci était entièrement recouvert d'une poudre rose, comme s'il en avait neigé. Au moindre souffle de vent, des nuages de poussière se détachaient des fleurs de la mystérieuse plante pour se déposer partout.

Lily comprit enfin que ce n'était pas de la poussière. C'était du pollen. Et tout Pixie Hollow y était allergique.

6

Quand l'après-midi vint, Pixie Hollow était entièrement recouvert de pollen rose. Les particules flottaient dans la soupe à la châtaigne du déjeuner des fées. Elles leur collaient dans les cheveux. Elles engluaient leurs ailes. Et, naturellement, ça faisait éternuer tout le monde.

Depuis son poste habituel, sur son champignon, Iris continuait à faire la morale à Lily.

– Je t'avais bien dit de ne pas planter cette graine dont on ne savait rien, lui reprocha-t-elle pour la millième fois. Je me doutais que…

Elle éternua deux fois de suite, se moucha, puis regarda attentivement la plante.

– Malgré tout, ajouta-t-elle, c'est vraiment une plante extraordinaire.

Lily lui lança un regard contrarié, mais Iris ne s'en aperçut pas. Elle s'était remise à griffonner dans son livre.

C'est alors qu'une fée débarra comme une furie dans le jardin. Elle s'arrêta en faisant crisser les semelles de ses escarpins juste devant Lily. C'était Vidia, qui n'avait pas l'air contente du tout.

– Pourquoi n'as-tu pas arraché cette… chose quand elle n'était encore qu'une pousse ? fulmina-t-elle d'une voix rageuse.

Tout en parlant, la Véloce essayait de secouer le pollen qui lui collait aux ailes. Vidia haïssait tout ce qui pouvait ralentir son vol. Elle était tellement en colère que, pour une fois, elle ne s'était même pas donné la peine d'appeler Lily «ma douce» ou «ma chérie».

– Laisse-moi donc t'épousseter les ailes, Vidia, lui proposa Lily.

À Pixie Hollow, c'était une grande marque d'affection que d'offrir à une autre fée de lui nettoyer les ailes. Lily était navrée que Vidia soit si contrariée et elle exprimait sa bonne volonté de cette manière.

– Personne d'autre que moi n'a le droit de toucher à mes ailes! coupa Vidia d'un ton sans appel.

Faisant volte-face, elle désigna la plante.

– Si tu ne l'abats pas, je m'en chargerai. Je suis certaine que l'un de nos Menuisiers sera ravi de me prêter sa hache!

Et Vidia disait sans doute vrai. Il était même probable que, pour la première fois dans toute l'histoire de Pixie Hollow, la plupart des fées auraient été du même avis que la Véloce...

Tout l'après-midi, fées et homme-hirondelles défilèrent pour se plaindre à Lily.

– J'ai dû jeter trois soufflés aux glands, gémit Dulcie après avoir éternué. À chaque fois que je... je... je... atchoum ! éternue, ils retombent. S'il n'y a rien à dîner ce soir, tu pourras t'en prendre à ta plante.

Même Terence, un Empoudreur, dont l'humeur était toujours joviale, affichait un air ennuyé.

– Cette substance rose s'est mélangée à la poussière de Fées, expliqua-t-il à Lily, et ça perturbe toutes les magies. Les instruments des Musiciens ne veulent plus jouer qu'en si mineur. Les Blanchisseuses n'ont pas pu faire la lessive parce que leurs savons sont détraqués et que la laverie est noyée de bulles jusqu'à mi-hauteur.

Sous peu, ajouta-t-il sombrement, nous ne pourrons même plus voler.

Vers la fin de l'après-midi, Lily trouva un carré de trèfles tranquille et s'assit toute seule. Pas une fée n'était venue de la journée respirer ses roses ou se promener parmi les fleurs de son jardin. Elles ne lui avaient rendu visite que pour se plaindre.

Bumble vit les épaules courbées de Lily et son air triste. Volant jusqu'à elle, il se cogna doucement contre son bras. Comme la fée ne réagissait pas, il se mit à faire des loopings et des zigzags désordonnés en imitant un bourdon qui aurait bu trop de pollen. D'habitude, Lily éclatait de rire. Mais là, elle ne sourit même pas.

– Pas maintenant, Bumble, fit-elle en soupirant.

La fée aperçut alors Iris qui s'approchait. Elle aurait aimé qu'elle s'en aille. Elle n'avait pas besoin qu'on lui répète encore : « Je te l'avais bien dit ! »

– Quelle journée, hein ! fit la nouvelle venue en se posant devant Lily.

Celle-ci se contenta de hausser les épaules.

– Essaie de voir le bon côté des choses, Lily, continua Iris en s'asseyant à côté d'elle. Au moins, avec notre nez bouché, on ne sent plus cette odeur horrible.

Lily ne put s'empêcher d'esquisser un sourire. Mais celui-ci s'effaça bien vite.

– Les autres fées me pressent de prendre une décision au sujet de cette plante, dit-elle. Mais que puis-je faire ? Peut-on empêcher les nuages de donner de la pluie ? Peut-on interdire au vent de souffler ? Cette plante ne fait rien d'autre que ce qu'elle doit faire.

Lily regarda sa plante. Malgré sa laideur, son odeur épouvantable et son pollen qui faisait pleurer et renifler, elle avait quelque chose d'unique.

– Si tu veux connaître le fond de ma pensée, reprit-elle, nous ne sommes pas encore au bout de nos surprises avec elle.

Iris acquiesça.

– J'ai la même impression, dit-elle.

Mais une expression d'inquiétude passa sur son visage.

– Crois-tu que ça pourrait être une mauvaise surprise ? fit-elle. Après tout, elle nous en a déjà fait voir de toutes les couleurs...

Lily secoua la tête.

– Je ne crois pas, dit-elle. Je sais toujours quand il y a un vrai danger, parce que les plantes de mon jardin m'en avertissent. Si elles sont nerveuses, c'est qu'un orage arrive. S'il y a un feu quelque part dans la forêt, elles me l'apprennent avant même que je puisse sentir la fumée. Or, depuis que j'ai planté cette étrange graine dans mon jardin, elles sont aussi heureuses et éclatantes de santé que d'habitude.

Iris regarda autour d'elle. C'était vrai. Le jardin de Lily était resplendissant. Même les feuilles de trèfle sur lesquelles elles étaient assises semblaient plus vertes et vigoureuses que jamais.

– Si cette plante était vraiment mauvaise, mon jardin ne serait pas aussi beau, continua Lily. Hélas, toutes les autres fées sont si en colère après moi que je ne sais plus quoi faire. Mon bonheur, c'est de rendre les autres fées heureuses avec les plantes de mon jardin, pas de les rendre malheureuses !

– Moi, elles me rendent heureuse, dit doucement Iris.

Tendant la main, la fée cueillit un trèfle.

– Je regrette de ne pas t'avoir aidée à défendre la plante le jour où les guêpes sont venues, dit-elle. Je m'en veux. Je suis désolée.

Haussant les sourcils, Lily regarda attentivement Iris. Elle vit qu'elle était sincère.

– Je ne t'en veux pas, dit-elle.

– Je suis contente de jardiner avec toi, poursuivit Iris. Les autres Jardinières n'aiment pas me voir dans leur jardin. Je sais bien ce qu'elles disent dans mon dos, tu sais. Elles racontent que je suis incomplète.

La gorge de Lily se serra. Être une fée incomplète était la chose la plus terrible qui pouvait arriver. Il faut savoir que les fées de Pixie Hollow, avant d'être des fées, sont des rires, des rires d'enfants. Mais il arrivait parfois qu'un petit morceau de rire se brise sur le chemin qui le menait au Pays Imaginaire. La fée se retrouvait alors avec quelque chose en moins. C'était ce qu'on appelait une fée « incomplète ».

Lily avait entendu des Jardinières raconter cela à propos d'Iris. Elle ignorait qu'Iris l'avait entendu, elle aussi. Soudain, elle regretta toutes les fois où elle avait fortement souhaité qu'Iris s'en aille de son jardin.

– Tu n'es pas incomplète, dit-elle.

– Peut-être bien que si, rétorqua Iris. J'adore les plantes tout autant qu'une autre Jardinière, mais je ne sais pas les faire pousser aussi naturellement que toi. Tu sais, je t'ai menti à propos des boutons d'or de mon jardin. En fait, ils n'étaient pas si gros que cela.

Cet aveu étonna Lily. Iris s'était toujours tellement vantée de ses prouesses de Jardinière !

La fée hocha la tête, honteuse.

– Je n'arrivais jamais à m'y retrouver ! dit-elle. Entre les plantes qui ont besoin d'ombre, celles qui se plaisent mieux au soleil, celles qu'il faut arroser le matin, celles qui préfèrent le soir... C'est pour cela que j'ai commencé à tout noter.

Petit à petit, c'est devenu une manie. J'ai commencé à écrire la moindre chose que j'entendais au sujet des plantes du Pays Imaginaire.

Elle secoua la tête :

– Mais ce n'est pas aussi bien que d'avoir un jardin à soi !

Lily réfléchit à tout cela pendant un moment. Puis, elle sourit.

– Mais tu as un jardin ! dit-elle.

Iris ne comprenait pas.

– Il est là, dit Lily en tapotant la couverture du livre d'Iris. Ton jardin se trouve entre ces pages. Je parie qu'elles contiennent plus de plantes que n'importe quel jardin de Pixie Hollow !

Doucement, le visage d'Iris s'éclaira. Pendant un moment, les deux fées restèrent silencieuses, les bras passés autour de leurs genoux. Elles contemplaient l'étrange et vilaine plante.

– Je trouve qu'elle nous a déjà fait un cadeau formidable, dit enfin Iris.

– Qu'est-ce que tu veux dire ? interrogea Lily.

– Elle a su nous rendres amies.

Cette nuit-là, après le dîner, Lily se rendit une fois de plus dans son jardin. Elle y resta long-temps à contempler la plante mystérieuse.

– D'où viens-tu ? murmura-t-elle. Qui es-tu ? Pourquoi nous causes-tu tant d'ennuis ?

Tandis qu'une petite brise se mettait à souf-fler, quelques grains de pollen s'envolèrent des fleurs. Lily éternua trois fois de suite : atchoum ! atchoum ! atchoum !

Puis, le vent tourna et, soudain, Lily ressen-tit un changement dans son jardin. Les boutons d'or, l'herbe, la lavande et même la plante mysté-rieuse semblaient toutes être en éveil. Lily sentait qu'elles attendaient quelque chose.

Puis, une goutte de pluie tomba du ciel. Elle atterrit sur la tête de Lily, dont les cheveux furent trempés. D'autres gouttes s'écrasèrent sur le sol.

Autour de Lily, les plantes commencèrent à se redresser. C'était cela qu'elles attendaient. La pluie ! Celle-ci tomba plus fort. Tendant ses bras, Lily laissa la pluie couler dans sa chevelure et sur sa peau. Elle la lavait de tout le pollen rose.

Lorsque la fée quitta son jardin, ses ailes étaient trop mouillées pour qu'elle puisse voler et elle dut faire à pied tout le chemin jusqu'à l'Arbre. Mais ça lui était égal.

Ce soir-là, elle se coucha tard. Elle regardait la pluie tomber par la fenêtre de sa chambre. Pour la première fois depuis bien des jours, elle se sentait heureuse. La pluie nettoyait Pixie Hollow, elle le débarrassait de tout son pollen.

7

Lily se réveilla en sursaut au milieu de la nuit. Était-ce le matin? Non, sa chambre était toujours plongée dans l'obscurité. Regardant par la fenêtre, elle vit que le ciel commençait à pâlir.

«Pourquoi me suis-je réveillée?» se demanda-t-elle.

Bing! Quelque chose cognait à sa fenêtre. Un peu inquiète, la fée descendit de son lit. Avançant à pas de loup jusqu'à sa fenêtre, elle regarda prudemment au-dehors.

Bing! La chose se jeta de nouveau contre le battant. C'était rond, noir et jaune. La fée souleva vite le loquet.

– Bumble! fit-elle en laissant le bourdon entrer. Mais que fais-tu là? Que se passe-t-il?

En guise de réponse, Bumble se mit à tourner comme un fou en bourdonnant autour de la tête de Lily. C'est alors qu'un cri lointain entra par la fenêtre ouverte.

– Au secouuuuuuurs!

Quelqu'un était en danger! Sans prendre le temps de s'habiller, Lily se précipita au-dehors, talonnée par Bumble. En arrivant dans la cour, elle tomba sur Clochette et Rani qui avaient également entendu l'appel. Celui-ci retentit à nouveau.

– Au secouuuuuuurs!

– Ça vient de là-bas! cria Clochette.

La queue-de-cheval de la fée était dénouée et ses cheveux flottaient sur ses épaules. Elle

était en chemise de nuit, comme Lily et Rani.

Les trois fées suivirent Bumble qui s'éloignait dans la direction indiquée par Clochette. Manifestement, les appels provenaient du jardin de Lily.

Arrivées sur place, les fées se figèrent de stupeur. Pell et Pluck, deux fées Cueilleuses, semblaient soudées aux branches de la plante mystérieuse.

– Aidez-nous ! imploraient-elles.

Clochette les rejoignit à tire-d'aile. Saisissant les mains de Pell, elle tira de toutes ses forces pour l'arracher à l'arbre, mais les ailes de Pell adhéraient à l'écorce.

Clochette regarda de plus près.

– Elles sont attachées par de la résine ! dit-elle. Il faudrait de l'eau chaude.

Attrapant un arrosoir, Lily courut au ruisseau. Elle le remplit, puis l'apporta à Rani, qui saupoudra l'eau d'un peu de poussière de Fées tout en faisant onduler sa main sur la surface. L'eau se mit à bouillir.

Tenant l'arrosoir à deux, Lily et Clochette volèrent jusqu'à Pell et, prudemment, firent couler l'eau chaude sur ses ailes. La résine commença à se dissoudre.

Attrapant les poignets de Pell, Clochette tira alors un bon coup. Clac, les ailes de Pell se décollèrent du tronc! Entraînée par son poids, la fée glissa, heureusement retenue par Clochette, qui la déposa doucement sur la terre ferme.

Puis, ce fut au tour de Pluck d'être libérée. Quand les deux Cueilleuses se retrouvèrent saines et sauves sur le sol, Lily et Rani achevèrent de les débarrasser de la résine qui restait collée à leurs ailes. La substance poisseuse partait difficilement mais, par chance, les ailes des fées ne semblaient pas avoir été abîmées. Pendant ce temps, elles expliquèrent ce qui leur était arrivé.

– On s'est réveillées tôt, commença Pell.

– Comme on fait toujours, acheva Pluck.

– On est descendues au jardin ramasser des framboises...

– ... pour que les Cuisinières fassent de la confiture.

– On a traversé le jardin...

– ... et il faisait encore sombre...

– ... donc on n'y voyait rien...

– ... et je me suis cognée contre cette plante.

– Et elle est restée collée !

– Et je suis restée collée ! Et quand Pluck a essayé de me tirer de là, elle est restée collée aussi !

– Et après ça on a entendu un hibou...

– ... on ne pouvait pas bouger...

– ... on a cru qu'il allait nous attraper !

– On a crié et crié ! On avait peur que personne ne nous entende...

– ... très peur !

Après quoi, Pell et Pluck étendirent leurs ailes pour qu'elles sèchent. Le soleil s'était levé, mais les fées frissonnaient dans l'air frais du matin.

– Rani, fit Lily, veux-tu aller à l'Arbre et nous rapporter du thé chaud et...

– ... des couvertures ? acheva Rani.

Portant ses doigts à ses lèvres, la fée siffla Frère Colombe, qui lui servait d'ailes. Dès que l'oiseau arriva, la fée monta sur son dos et ils disparurent ensemble dans les airs.

Clochette considérait Lily d'un air préoccupé.

– Les autres fées vont en faire toute une histoire, dit-elle.

– Je sais, répondit Lily.

Clochette lui pressa la main et Lily sentit son cœur se serrer. Elle comprenait bien que Clochette voulait la réconforter. Mais elle devinait aussi ce que signifiait ce petit geste : il fallait s'attendre au pire.

8

Rani fut de retour peu après avec une petite troupe de fées. Certaines portaient du matériel de secours – couvertures et Thermos en terre cuite remplies de thé chaud –, d'autres étaient simplement venues pour voir la raison de toute cette agitation. Ree, la reine des fées, les accompagnait.

– Que s'est-il passé ? demanda-t-elle.

À nouveau, les deux Cueilleuses racontèrent leur histoire. Quand elles eurent fini, Vidia joua des coudes jusqu'au premier rang de la foule.

– Cette ignoble plante n'apporte que des calamités à Pixie Hollow, cria-t-elle. Il faut l'abattre !

Une vague de murmures fit écho à cette déclaration : « Elle a raison ! » « Cette plante est mauvaise ! » « Il faut nous en débarrasser au plus vite ! »

Lily serrait fermement la tige de sa plante. Son cœur cognait dans sa poitrine. Oseraient-elles commettre ce crime, là, devant elle ?

C'est alors que Clochette rejoignit Lily à côté de la plante. Elle croisa les bras sur sa poitrine et fusilla du regard Vidia et toutes les fées qui semblaient la soutenir.

Lily lui adressa un regard de reconnaissance. Elle savait que Clochette ne tenait pas vraiment à la plante, mais c'était une amie loyale, et courageuse, par-dessus le marché.

À ce moment-là, une figure familière traversa la foule. C'était Iris. Elle rejoignit également Lily et Clochette à côté de la plante.

– C'est le jardin de Lily, déclara-t-elle, et la plante lui appartient. On n'a pas le droit de la couper comme ça !

– C'est aussi mon avis, intervint une autre voix.

Cette fois-ci, c'était Rosetta qui parlait. Elle rejoignit Lily, Iris et Clochette.

– Sachez que cette plante est également sous ma protection, déclara-t-elle.

– Et la mienne !

– Et la mienne !

D'autres Jardinières se détachaient de la foule pour se rassembler autour de Lily et de sa plante. À présent, deux groupes de fées bien distincts se faisaient face. Elles avaient toutes l'air en colère.

– Cette plante est un danger pour toutes les fées ! reprit Vidia. Pell et Pluck auraient pu être dévorées par un hibou ce matin.

Certaines fées approuvèrent bruyamment.

– Ce n'est pas la faute de la plante si les deux Cueilleuses volaient dans l'obscurité sans lumière, objecta un homme-hirondelle au talent de Jardinier.

– Cette plante est hideuse! cria une Lumineuse.

– C'est un monstre! ajouta un Cuisinier.

– C'est toi, le monstre, répliqua vertement une Jardinière, coiffée d'un chapeau de pâquerettes. Ennemi des plantes!

– Tête de pâquerette! répliqua le Cuisinier.

C'est alors qu'une voix résonna comme un coup de gong.

– Fées!

Toutes les fées se retournèrent. La Reine les regardait, les mains posées sur les hanches. Son scintillement rougeoyait de colère.

– Quelle honte! dit-elle. Ce n'est pas ainsi qu'on règle un différend à Pixie Hollow!

Sa voix était calme, mais son regard glacial. Derrière elle, ses quatre dames d'honneur considéraient la foule avec désapprobation.

– Crier ainsi ! Vous insulter les uns les autres ! Vous me décevez beaucoup, fées et hommes-hirondelles, continua la souveraine.

Quelques fées baissèrent la tête. Mais Vidia relevait le menton d'un air de défi.

– Demain à midi, reprit la Reine, nous nous réunirons dans la cour de l'Arbre-aux-Dames. Toutes les fées sont convoquées et toi aussi, Vidia, ajouta-t-elle en fixant la Véloce d'un regard d'acier.

Vidia était connue pour sa désobéissance aux ordres de la Reine. Elle rejeta sa chevelure en arrière d'un air provoquant, mais son expression montrait qu'elle avait parfaitement compris.

– Vous aurez tous la possibilité de vous exprimer, acheva la Reine. D'ici là, je veux que chacun et chacune d'entre vous retourne à son travail. C'est un ordre !

Tout en ronchonnant, les deux groupes de fées se dispersèrent. Lily se précipita vers Pell et Pluck.

– Je vais vous aider à rapporter des framboises à la cuisine ! dit-elle.

Mais les deux fées la toisèrent du regard.

– Tu ne crois pas que tu en as assez fait comme ça ? fit Pell d'un ton cassant.

– D'abord les guêpes et maintenant ton piège à glu ! ajouta Pluck.

– Dorénavant, nous nous procurerons nos framboises ailleurs, conclut Pell.

Et, se redressant d'un air hautain, les deux fées lui tournèrent le dos et s'envolèrent.

Lily sentit le découragement la gagner. Tant que la plante serait là, plus personne n'allait vouloir profiter de son jardin. Mais comment pourrait-elle supporter de la couper, après s'en être occupée avec tant d'amour ?

Le restant de la journée ne fut pas plus glorieux. Malgré les ordres de la Reine, les fées passèrent leur temps à se disputer.

Une fée Tisseuse-d'herbe, qui voulait ramasser des herbes fines pour tresser ses paniers, se fit repousser par les Jardinières. Puis, les Cuisinières se chamaillèrent avec les Cueilleuses et, du coup, personne n'eut à déjeuner. Affamée et contrariée, une Lumineuse parla sèchement à une Aquatique, qui l'éclaboussa pour se venger, à la suite de quoi Aquatiques et Lumineuses ne se parlèrent plus. On aurait dit que chaque confrérie de fées ne supportait plus l'autre.

Lily se tenait à distance de l'Arbre-aux-Dames. Elle avait passé toute la journée assise dans l'ombre décharnée de la plante mystérieuse. Elle avait beaucoup réfléchi.

«Si les fées de Pixie Hollow pensent qu'il faut couper la plante, je ne dois pas m'y opposer», conclut-elle.

C'était une décision qui lui coûtait, mais le plus important n'était-il pas que le Royaume des Fées retrouve sa paix et son harmonie?

« J'espère seulement qu'elles ne m'obligeront pas à le faire moi-même », se dit-elle.

Elle n'avait jamais manié une hache de sa vie et elle ne croyait pas qu'elle en serait capable.

La fée en était là de ses réflexions quand Spring, une Messagère, arriva à tire-d'aile dans son jardin. Tout essoufflée, elle se posa à côté de Lily.

– J'ai un message de la Reine ! réussit-elle à dire après avoir aspiré deux grandes goulées d'air.

Inclinant la tête, Lily attendit.

– L'heure de la réunion a changé, reprit Spring. Toutes les fées doivent se rassembler dans la cour au coucher du soleil.

Les yeux de Lily s'agrandirent, mais ce n'était pas seulement à cause du message. Il se passait quelque chose, juste derrière la tête de Spring. Quelque chose de très inattendu : un fruit jaune de la taille d'une groseille venait de pousser sur une des branches de la plante et il semblait grossir à vue d'œil!

Mais Spring continuait de parler sans remarquer l'expression stupéfaite de Lily.

– Il y a déjà eu trop de bagarre, dit-elle. La Reine ne veut pas attendre demain pour régler cela.

Lily n'écoutait plus. Elle restait bouche bée. Le fruit avait déjà atteint la taille d'un petit grain de raisin.

«Il ne faut pas que Spring voit cela, se dit-elle. Elle le dirait à la Reine et la plante serait coupée sans pitié.»

Lily se dressa d'un coup. Ôtant brusquement le chapeau de pétales qu'elle avait sur la tête, elle l'accrocha sur le fruit pour le cacher.

Spring dévisagea la fée, un peu intriguée. Mais Lily lui renvoya un sourire innocent.

– Dans la cour, au coucher du soleil? répéta-t-elle. J'y serai.

Elle bouillait d'impatience que Spring sorte de son jardin.

La Messagère hocha la tête.

– Parfait, dit-elle. Je dois passer le message à tout le monde maintenant. Peux-tu t'en charger, toi aussi, si tu vois quelqu'un ?

– Bien sûr. Oh ! s'écria soudain Lily.

Du coin de l'œil, elle venait de voir un autre fruit surgir à côté du premier.

– Qu'y a-t-il ? demanda Spring en commençant à tourner la tête.

Comme un ressort, Lily bondit de côté pour empêcher la Messagère de voir la plante. Elle voletait en se tenant ostensiblement le pied.

« Trouve quelque chose en vitesse ! » se disait-elle à elle-même.

– Je veux dire... ouille ! s'exclama-t-elle. Je viens de marcher sur une aiguille de pin.

Regardant par terre, Spring ne vit aucune aiguille de pin. D'ailleurs, il n'y avait aucun pin dans le jardin de Lily ni dans le voisinage. La Messagère scruta quelques instants Lily d'un œil inquisiteur.

– Bon, eh bien alors, à ce soir, dit-elle enfin.

Lily acquiesça.

– Bon vol ! gazouilla-t-elle d'un ton enjoué.

Une fois Spring partie, la fée soupira de soulagement. Puis, elle regarda sa plante. Des fruits jaunes à la peau hérissée de picots poussaient sur toutes les branches. Ils grossissaient à vue d'œil. Et ils devenaient aussi de plus en plus laids, comme le constata Lily avec désespoir.

La fée se prit la tête entre les mains. « Si quelqu'un voyait la plante maintenant... ! » Elle ne voulait même pas y penser.

Elle regarda le soleil qui baissait sur l'horizon. C'était presque l'heure de partir à l'Arbre-aux-Dames.

« Si je me débrouille pour que personne ne voit la plante avant la réunion, se dit-elle, peut-être ai-je encore une chance de la sauver... »

9

Le soleil touchait presque l'horizon, quand les fées commencèrent à se rassembler autour de l'Arbre-aux-Dames. Les abords de l'érable étaient déjà plongés dans l'obscurité, mais les Lumineuses éclairaient la cour de leur intense scintillement.

Quand toutes les fées furent là, la Reine alla prendre sa place habituelle, face à la foule.

– Fées du Pays Imaginaire, écoutez-moi ! commença-t-elle de sa voix claire et noble. Jamais il n'y eut jour si honteux au Royaume des Fées.

– C'est la faute de cette plante ! cria quelqu'un.

– Oui, c'est la plante ! Elle est la cause de tout, claironnèrent d'autres fées.

De la main, la Reine leur fit signe de se taire. Elle reprit la parole :

– Est-ce que le problème vient de la plante, demanda-t-elle calmement... ou de vous ? Je vous pose la question. Peut-on vraiment rendre une plante responsable de toutes vos querelles et de l'absence de gentillesse que j'ai pu constater cet après-midi ? Si vous pouvez me le prouver, alors oui, nous sacrifierons la plante.

Les fées commençaient à murmurer mais, une fois encore, la Reine les fit taire d'un geste.

– Chacun s'exprimera à son tour, dit-elle. Qui veut parler en premier ?

La voix de Clochette se fit entendre :

– La plante appartient à Lily ! dit-elle.

– Oui, c'est sa plante, approuvèrent d'autres fées. C'est à Lily de parler la première.

On poussa la Jardinière au premier rang. C'était la première fois de sa vie qu'elle sentait autant de regards posés sur elle et son cœur battait à se rompre. Arrivée face à la foule, elle prit une grande inspiration :

– Oui, c'est vrai, dit-elle, c'est ma plante. J'ai planté cette graine dans mon jardin et j'en ai pris soin.

– Quelle sorte de plante est-ce ? interrogea la Reine.

Lily secoua la tête.

– Je ne sais pas. J'ai trouvé la graine dans la forêt. Je n'en avais encore jamais vu de semblable. Mais je pense que c'est une bonne plante.

À nouveau, certaines fées commencèrent à marmonner :

– Elle ne sait même pas quelle plante elle fait pousser !

– Une bonne plante ? bonne à quoi ? À rien !

La Reine attendit que l'assemblée se calme, puis elle demanda :

– Lily, crois-tu que ta plante soit la cause de tous les malheurs qui nous arrivent ?

Lily réfléchissait encore à la question quand, soudain, une voix cria :

– Attendez !

Toutes les fées se retournèrent. Une Iris hors d'haleine faisait son entrée dans la cour. Elle

portait un fruit inconnu de couleur jaune, qui avait la forme et la taille d'une grosse prune.

– Attendez ! Attendez ! cria-t-elle encore.

Se posant devant la foule, elle brandit le mystérieux fruit qu'elle tenait.

– Regardez toutes ! fit-elle. La plante donne des fruits !

À ces mots, les fées commencèrent à former un cercle autour d'Iris. Seule Lily ne bougeait pas. Elle se cachait le visage dans les mains. « Mon secret est dévoilé, se disait-elle, la plante est perdue. »

– Qu'est-ce que c'est ? murmuraient les fées, interdites.

Relevant lentement la tête, Lily trouva le courage de lancer un regard de biais vers le fruit. Elle eut un choc. L'horrible peau hérissée de picots avait disparu. Le fruit avait maintenant un bel aspect nacré, presque brillant.

Poussées par la curiosité, certaines fées tendaient la main pour le toucher, quand quelqu'un les arrêta d'un cri.

– Prenez garde ! C'est peut-être du poison !

La foule recula comme un seul homme.

– Ce n'est pas du poison, répliqua Iris. Et je peux même vous dire ce que c'est.

Toutes les fées, y compris Lily, la dévisagèrent avec stupeur.

– Eh bien, dit la Reine, qu'as-tu à nous révéler ?

En guise de réponse, Iris sourit d'un air mystérieux.

– Suivez-moi ! dit-elle.

Sous la houlette d'Iris, toutes les fées s'envolèrent pour le jardin de Lily. En apercevant l'étrange plante, elles se figèrent de stupeur. Celle-ci était couverte de grappes de fruits charnus couleur d'or.

Iris se tourna vers l'une des Lumineuses.

– Fira, dit-elle, voulez-vous nous donner un peu de lumière, toi et tes fées ?

Fira et les autres Lumineuses se disposèrent alors autour de la plante en intensifiant leur scintillement jusqu'à l'inonder de lumière.

– Ah ! s'exclamèrent les fées, émerveillées par le spectacle.

Avec ses fruits dorés qui brillaient comme des joyaux, la plante était vraiment éblouissante.

– Et maintenant, regardez bien ! continua Iris en s'envolant.

Saisissant l'un des fruits, elle tira dessus de toutes ses forces. Le fruit se détacha... aussitôt remplacé par un autre.

Lily en suffoqua presque d'émotion. Les fées qui l'entouraient écarquillaient les yeux. Même la Reine semblait stupéfaite.

– Quelle est donc cette plante extraordinaire ? demanda-t-elle encore.

– Je vais vous le dire, répondit Iris.

Posant le fruit par terre, elle ouvrit son livre, qu'elle tendit au-dessus d'elle pour que tout le monde puisse le voir. Un arbre était dessiné sur la page ouverte. Ses branches ployaient sous le poids de fruits ronds qui luisaient doucement. Iris l'avait baptisé : « Arbre-de-Toujours ».

– Il ne fleurit qu'une seule fois, puis il donne des fruits toujours et toujours, expliqua-t-elle. C'est pour cela qu'on l'appelle l'« Arbre-de-Toujours ».

– Ces fruits sont-ils comestibles ? interrogea la Reine.

En guise de réponse, Iris demanda sa dague à Clochette et fendit le fruit en deux. À l'intérieur, apparurent des pépins entourés de pulpe dorée, qui ressemblaient à ceux que l'on trouve dans les grenades.

Iris en détacha un et, d'une pichenette, se l'envoya dans la bouche. Du jus couleur de miel lui dégoulina du menton.

– Oui, confirma-t-elle, c'est bon à manger. C'est même exquis !

Plusieurs fées tendirent la main, mais Iris donna d'abord un pépin à Lily. Mordant dedans, la fée ferma les yeux de béatitude. Le fruit avait le goût de la limonade glacée par une journée chaude. C'était absolument délicieux !

– Mais comment as-tu fait pour savoir ce que c'était ? interrogea Lily.

– J'avais entendu parler de l'Arbre-de-Toujours il y a bien longtemps, répondit Iris. Si longtemps que je l'avais presque oublié. Mais je l'avais dessiné comme on me l'avait décrit et j'avais aussi tout noté. Écoutez :

« Il y a des années et des années de cela, commença-t-elle, avant même que les fées habitent ici, les Arbres-de-Toujours poussaient partout au Pays Imaginaire, que l'on appelle aussi l'île du Jamais, puisque jamais on y grandit. Puis, le volcan de la Montagne Tordue entra en éruption

et tous les arbres brûlèrent. Tous, sans exception. On savait qu'une unique graine de l'Arbre-de-Toujours subsistait, mais le dragon Kyto l'avait égoïstement gardé pour son trésor. »

Au nom de Kyto, plusieurs fées frissonnèrent en regardant en direction de la Montagne Tordue, où se trouvait la prison du dragon.

– Mais comment la graine est-elle arrivée jusqu'ici ? interrogea Clochette.

Iris haussa les épaules.

– Je suppose qu'elle a été apportée par le vent ! Si Lily ne l'avait pas trouvée et qu'elle ne l'avait pas plantée avec autant de soin, l'île du Jamais aurait pu ne jamais voir pousser cet Arbre-de-Toujours. Ils sont très fragiles, vous savez. Ils exigent beaucoup d'attention.

Tous les regards se tournèrent vers Lily, qui baissa les yeux modestement.

– Iris m'a aidée, dit-elle simplement.

À présent, d'autres fées s'étaient agglutinées autour du fruit et gobaient les pépins gonflés de jus.

– Je pourrais en faire une tarte délicieuse, déclara Dulcie.

– Ce fruit donnerait une excellente confiture, renchérit Pell, approuvée par Pluck.

Même Vidia avait goûté au fruit, même si elle se dépêcha de cacher les pépins dans son dos en voyant que Lily l'observait.

« Oh, après tout, qu'est-ce que j'en ai à faire ! » se dit la fée Véloce en haussant les épaules, et elle se remit à manger.

– Pas mauvais, dit-elle un peu malgré elle.

D'autres fées allongeaient la main pour cueillir les fruits, quand la voix de la Reine résonna :

– Arrêtez ! ordonna-t-elle.

Interdites, les fées se figèrent.

116

– Cette plante appartient à Lily, expliqua la souveraine. C'est à elle de décider si elle veut bien partager ses fruits.

Toutes les fées se tournèrent vers Lily, qui sourit à la ronde.

– Bien sûr que je suis d'accord pour la partager ! s'écria-t-elle. Vous êtes toutes mes invitées !

Poussant des cris de joie, les fées passèrent la nuit entière à se régaler de fruits de Toujours en dansant sous les branches de l'arbre.

10

Lily était couchée sur un moelleux carré de mousse, dans un coin de son jardin. Celui-ci avait bourdonné d'activité toute la journée. Beaucoup de fées étaient venues pour cueillir des fruits de Toujours. Les Cuisinières en réclamaient pour faire un dessert spécial. Les Guérisseuses voulaient savoir si les fruits pouvaient servir à traiter des maladies. Et toutes celles qui avaient un petit creux étaient passées grignoter quelques-délicieux pépins de la plante.

Lily avait été très heureuse de toutes ces visites, mais maintenant elle était fatiguée. Elle désirait se détendre un peu sur la mousse en regardant l'herbe pousser.

La fée venait de repérer un brin d'herbe qui avait besoin de toute son attention, quand une voix stridente rompit sa concentration.

– Seigneur, quelle journée !

Lily ferma les yeux et soupira, puis elle s'assit et dit :

– Bonjour Iris !

La visiteuse se laissa tomber sur la mousse à côté de Lily.

– Quelle journée ! répéta-t-elle. J'ai visité cinq jardins différents aujourd'hui. Toutes les Jardinières veulent que je prenne des notes sur leur jardin. J'ai même dû rajouter des pages à mon livre !

En effet, celui-ci était plus épais que jamais.

– Et les autres fées ! reprit-elle. Dès qu'elles trouvent une petite graine, elles me l'apportent. Elles s'imaginent à chaque fois que c'est un autre Arbre-de-Toujours. Bien sûr, ce ne sont que de banales graines de fleurs. Mais ne t'en fais pas, Lily, poursuivit-elle, j'ai pris soin de garder du temps pour toi. Tu peux me parler de tes rhododendrons, maintenant...

Ouvrant son livre à une page vierge, la fée leva son poinçon de bois, prête à consigner les paroles de son amie.

Mais Lily fronçait les sourcils sans comprendre.

– Qu'est-ce que tu leur veux à mes rhododendrons ? demanda-t-elle.

– Tu ne trouves pas qu'avec leurs grosses fleurs, ils ressemblent à une couverture ? Moi, je pense qu'il faudrait plutôt les appeler des rhod... édredons ! fit-elle en éclatant de rire à sa propre blague.

– Des rhodédredons? répéta Lily en regardant ses fleurs d'un air amusé.

Et, pour la première fois, elle rit de bon cœur avec Iris!